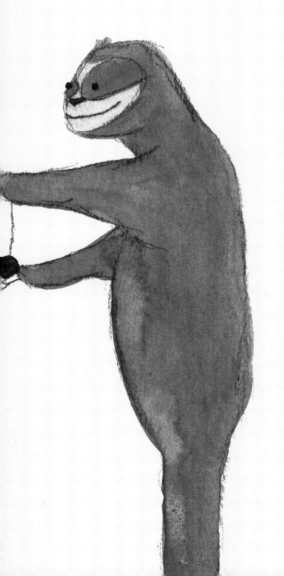

KB200907

거침
없이
자유
롭게

거침
없이
자유
롭게

앰버 포시 지음 • 추선정 옮김

에디스코

ᕙ 프롤로그 ᕗ

오! 안녕, 친구들.

들리니?
야수들이 문을 긁는 소리가?

그들이 밖으로 나오고 싶어 하는 거야.
야생으로 돌아가 자유로워지기 위해서.

그들은 너무 오랫동안 잠들어 있었어.
그래서 지금
활기가 넘치지.

두려워하진 마,
야수들은 아주
사랑스러운 마음을 가졌으니까.

사실 난
너희들보다 사랑스러운 야수들을
본 적이 없어.

음, 귀여운 야수야
너희는 어떻게 하면
다시 야생으로 돌아가
자유로워질 수 있는지 궁금하지 않니?

나는 궁금했어.
그래서 자연스럽게
나무늘보에게 물어봤지.

하지만 나무늘보는 **바빴어.**

그래서 나무늘보는
날 자기 친구들에게 보냈어.
그들에게 물어보라고.

표범은 관심이 없었어.
털끝만큼도.

솔직히 그에겐
안중에도 없는 일이었어.

곰은 심지어 자기 물건들을
어디에 뒀는지도 기억 못 해.

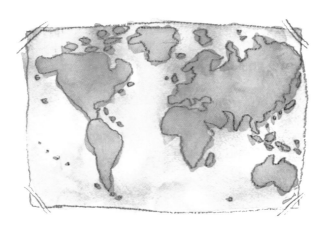

그래서 나는 가만히 앉아서
개구리를 봤어.
개구리도 나를 보고 있었지.
그리고 우린 둘 다 깨달았어.
답은 쉽게 얻을 수 없다는 걸.

그런데 말이야,
귀뚜라미 한 마리의 울음소리가
잠자는 백 명의 사람 소리보다
훨씬 커.

귀를 기울이기만 하면.

마음아,
우리는 더욱 깊숙한 곳인
발톱의 왕국까지 기어서 들어가야 해.
그리고 야수들의 비밀을 들어야 해.

어서 와!
우리 모두
이곳에 함께 있어.

늘대야,
넌
혼자가 아니야.

너희 발가락을 따라가는 건
아주 좋은 시작이야.
발가락이 두 개든 세 개든
상관없어.

(혹은 열 개든,
좀 **많이** 우스꽝스럽긴 하지만.)

하지만
네 킁킁대는 코가
발가락에게 안 된다고 말하면서
숨어 있고 싶어 하면,
천천히 가도 괜찮아.

날이 흐려지면
레서판다는
문어 모자를 써.

그 모자는
우울한 생각을 막아 주고
살살 간지럽혀서
웃게 하거든.

넌 어디든
갈 수 있어.
너의 상상력은
그 어떤 것보다 위대해.

현실은
이를테면

세상을
바라보는
단지
하나의
방식 일
뿐이야.

이 개미가 보여?
개미는 지금
엄청난 걸 생각하는 중이야.
날개가 생겨서
날아다니는 꿈을 꾸고 있어.

난 개미가 나는 걸 본 적 있어.
개미가 비행기에 탔더라고.
내 생각에,
너도 높이 올라갈 수 있어.
그냥 비행기를 타면 돼.

하지만 사랑스러운 야수야! 명심해야 해,
너무 많이 생각하는 건
너의 사고에 나쁜 영향을 줄 수 있어.

딱정벌레는
거의 매일 짐을 꾸려.
그리고 전날 자신이 망친 것을 확인하는
조금은 죄책감이 느껴지는
즐거운 여행을 떠났지.

내 귀에 속삭여줘.
널 잠 못 들게 하는 것들에 대해서.

어둠에서 빛나는 곳까지
함께 휘청휘청할 수 있어.

있잖아.
이 특별한 세상은
괴상한 소시지일 수도 있어.

모든 소시지는 양면을 가지고 있어.
행복과
슬픔의 양면을.

완벽한 삶이라는 말은
헛소리에 불과해.

나무늘보가 그러더군.
너의 슬픔을
저기 저 덤불에 넣었다고.
잠시라도 그 슬픔이
널 괴롭히지 않길 바랐거든.

불쌍한 늙은 당나귀는
행복한 기분이 뭔지
잊어버렸어.

행복 양말을 신고 있을 때조차도.

그래서 당나귀는 회사에 병가를 냈어.
마음이 아파서,
누워 있어야 했거든.

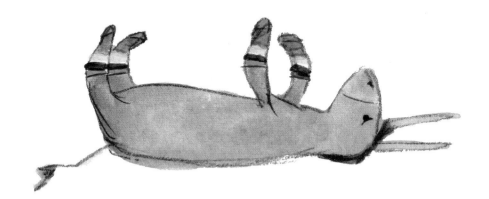

"모든 일은 말야."
라마가 말했어.
"허약한 체질에서 생기는 거야."

"모든 일은 말야."
얼굴을 찌푸린 당나귀가 말했어.
"멍청이들에게 둘러싸여 있어서 생기는 거야."

음, 맞아.
위대한 멍청 왕국 안에도
많은 직급이 있지.

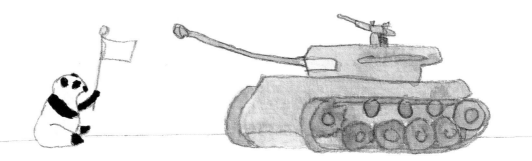

에뮤가
저공비행하는 다른 멍청이를
피하기 위해 머리를 박은 후에
작게 중얼거렸어.
"제기랄."

바보같이 굴지 마.

화가 날 때마다 먹었더니,
마음이 너그러워지는 케이크가
점점 작아져.

친절하게 구는 건
정말 멋진 일이야.

너의 결점과
다른 이의 결점을 받아들이면
우리도 어느 정도는
자유로워질 수 있어.

벽에 파리들이 있어.

"지금 그녀는 왜 우는 거야?"
파리들이 말했어.

"일어나지 않았지만
일어날 수도 있는 일들 때문에."
라고 내가 대답했지.

그 문제들이 골치 아픈 건
문제들이
너무
많다는 거야.

나는 고민이 99개나 돼.
하지만 나의 작은 박새들은 고민이 하나도 없어.

이 모든 근심 걱정들은 도대체 어디서 오는 걸까?

우리가 걱정거리들을 찾는 걸까?

아니면 걱정거리들이 우리를 찾는 걸까?

어쩌면
우린 너무 열심히
일하고 있는지도 몰라!

달팽이는 너-무 일찍 퇴근해.
그건 3일의 주말이
수명을 **완전** 늘려줄 거라
생각했기 때문이야.

어쩌면 우린 너무 **지쳐버린** 걸지도 몰라.

나무늘보는
아주 **오래** 잠을 잤고,
깨어났을 땐
머리에서
해바라기가
자라고 있는 걸
발견했어.

"아-하!"
나무늘보가 말했어.
"봄이 온 게 틀림없어!"

어쩌면 우리는 너무
모든 걸
완벽하게 해내려고
애쓰고 있는지도 몰라.

해우는 완벽한 몸매를 가꿔서
다른 사람들을 기쁘게 하려는 노력을 그만뒀어.
사람들이 해우를 사랑한 건
그녀의 불완전한 영혼 때문이었거든.

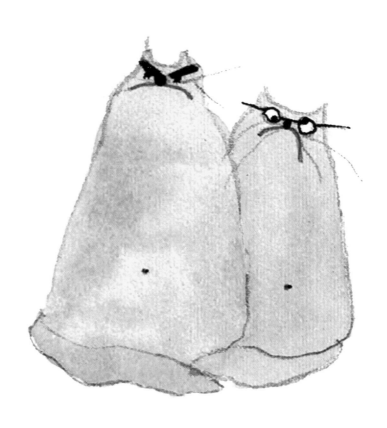

어쩌면 우리는 너무
초조해하는 게 아닐까?

나무늘보는
아무도 듣지 않는 것처럼 방귀를 뀌어.

그냥 뛰어버려!

감정을
표현하는 게
약점을
드러내는 건 아니야.
그건
네가
차갑게 죽어버린
물고기가 아니라,
살아 있다는
증거야!

난 X나 멋져.

그리고 많이 울어.

만일 네가 불행하고
그 사실을 알고 있다면
넌 그 불행을 드러내고 싶을 거야.
그런데도 여전히 박수쇼를 해야만 할까?

여기 이 코알라는,
초록색의 퀴퀴한 냄새가 나는
빛나는 무언가를 우적우적 씹고 있어.
그에게 물어보자.

당신의 현실감각이
내 달콤한 꿈을
방해하지
않게 해주세요.

코알라는
채식주의와
마음챙김을
소리 높여 지지하고 있어.

다른 선택으로는
도넛과 파티가 있지.

바로 이렇게
도넛이 만들어진 거야.

그런 단순한 즐거움을
얕보면 안 돼.

맥은 자신이
멸종위기에 처해 있단 걸 몰랐어.

그래서 그는 평소처럼 일어나
쿵쿵대며 냄새를 맡고,
코도 좀 훌쩍거리고,
크게 콧바람도 불었지.

그리고 어느 시점에
바나나를 먹었어.

맥은 확신할 수 없었어.
내일 무슨 일이 일어날지.
하지만 오늘은 살아남았지!
살아 있다는 건 좋은 일이야.

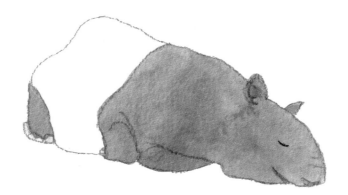

살아 있다는 건
굉장한 일이라고!

난 모든 신들에게
살아 있음에
감사해.

나무늘보는 말하지.
삶이란
네가 그걸 어떤 식으로 보느냐에
달려 있다고.

거북이가
아이스크림 가게에서 나와 집에 도착했을 때,
망할 아이스크림은 다 녹아버렸어.

거북이는 슬퍼하는 대신
펑키한 새 모자를 갖게 된 것에 기뻐했어.

야생 쥐의 수명이
일 년이 채 안 된다는 것을
알았을 때
야생 쥐는 생일 파티를
하지 않기로 했어.
"알 게 뭐야!" 쥐가 말했어.
"난 내 스파이더맨 옷을
매일 입을 거야!"
매일!

인생은 X나 아름다워!
심지어 아름답지 않을 때도, 내 사랑,
심지어 아름답지 않을 때도 아름답지.

있잖아,
우리는 모두 바나나야.

세상 모든 바나나는 양면을 가져.
좋은 결말과
나쁜 결말을.

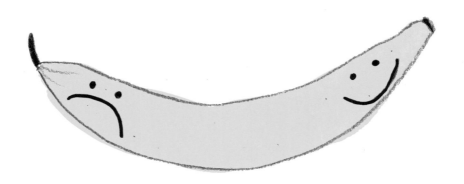

모든 것이
전부 나쁜 건
아니야.

침을 쏜 후에
벌은 죽어가고 있는데,
사람들은 벌에게 물려서 화를 내.

물린 데 바르려고
벌의 꿀을 가져가선
머리에 꽃을 꽂고
갈 길을 가지.

야수들은 종종
진짜 완전 짓궂어.

개는 앉아 있는 걸 **싫어**해!
부기 춤을 추고 싶어 하지.

나의 작은 박새들은
얌전해지지 **않을** 거야.

야수는
갇히는 걸 좋아하지 않아.

탈주하고 싶어 하지!

그래서,
인간은 많은 벽을 세웠어.

어쩌면 지금이
우리가 그 벽을 무너뜨릴 때인지도 몰라.

그리고 신나게 사는 거야.

세상은
흑백만 존재하는 곳이 아니야.
기막히게 **다채로운** 곳이지.

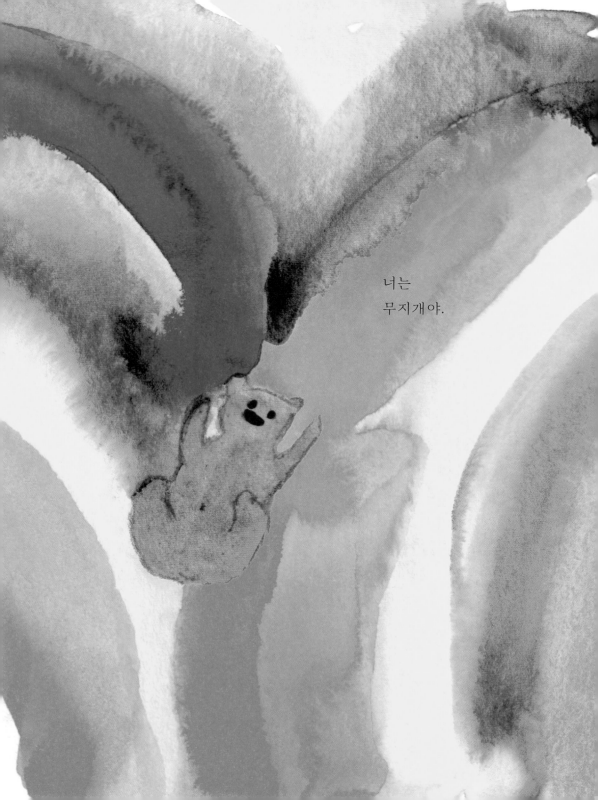

너는
무지개야.

너는 빛의 광선,
노란색에서 태어났어.

너는 얼굴이 빨개지도록 헐떡이며 울었고,
파랗게 질리도록 싸웠고,
깃발을 흔들며
자줏빛 고난도 이겨냈어.

너는 검은 개를 들여보내 주고
검의 개의 발을 잡아주고
저녁을 대접했지.

너는 초록빛 은신처를
만들 수 있어.

우울한 회색 왕을
치료할 수도 있어.

너의 모든 발자국은
영원히 지속되는
웅덩이처럼
깊게 새겨져.

네 마음 깊숙한 곳엔
한 명의 아기 야수가 살고 있어.
그 아기 야수는 절대 자라지 않아.

그 야수는 기억하지.
우리가 잊어버린
모든 걸...

살아 있다는 것에 대한
순수한 기쁨이나

연결되어 있다는
그 안도감.

무한이라는
그 경이로움.

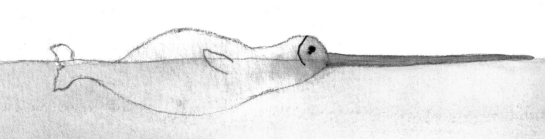

때론
붙잡혀 있을 필요도 있다는 것.

우리가 작은 아이였을 땐,
꿈이 이루어지는 동화처럼
커다란 무언가를 믿는 것은
쉬운 일이었어.

동화처럼
이루어질 거야!

어떤 사람들은
유니-거북★에게
그런 거북이는
존재하지
않는다고 말해.

그런 사람들은
멍청이야.

★ 유니콘(unicorn)과 거북(tortoise)을 합성해서 작가가 만든 단어.

자라면서 우리는
점점 혼란스러워지지.

곰은 오랫동안 노를 저어서
천천히 시냇물 아래로 내려갔어.
그는 전혀 즐겁지 않았어.
삶은 곰이 꿈꾸던 것과 달랐거든.

그래서 곰은 도움을 요청했어.

누군가에게
털어놓는 것은
우리 삶을 구할 수 있어.

우리는
이 거지 같은 세상에서
너는 좀 어떤지 물어볼 수 있어.

우리는 이야기할 수 있어.
부서진 것이
얼마나 아름다운지.

떨어진 깃털은
높이 날아올랐던 때만큼이나
땅 위에 가만 누워 있을 때도
완벽한 보물이야.

부러진 것처럼 보여도,
깃털은
우리의 눈을
하늘까지
들어 올리는 힘이 있어.

망할 놈들 때문에
낙담하지 마,
사랑스러운 야수야.

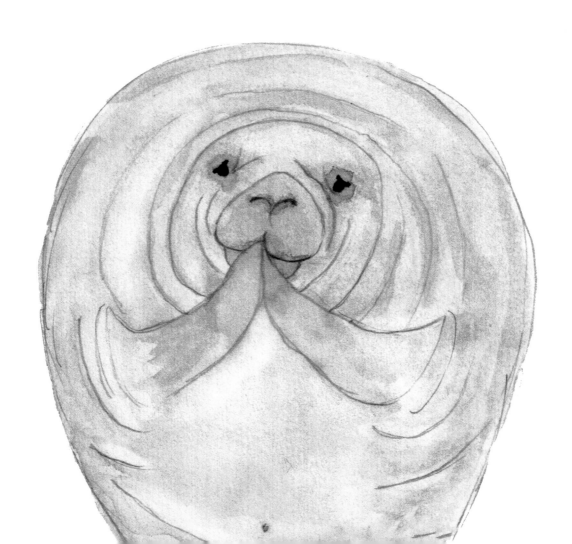

꼭 기억해.
꽃은 똥에서 피어나고
아주 작은 빛만이 필요하단 걸.

그건 너무
아름답지 않니?

무슨 일이 다가오든
지루할 틈은 없지,
사랑스러운 야수야.

기상청에서 예보했어.
'하늘에서 멍청비가 내림.'
그래서 에뮤는 멍청비 차단 비옷을 입었어.
평정심을 유지하고 하던 일을 계속하기 위해서.

삶은 놀라움의 **연속**이야.

난 한 번도 너를 꿈꿔 본 적이 없는데,
거기에 네가 있었지!

암사자에게 물어본다면,
그들은 고백할 거야.
야수는 땅과 육체를
정말 소중히 여긴다고.

하루는 퓨마가 거울을 봤어.
그리고 알게 됐지.
자신이 더는 젊지도 아름답지도 않다는 걸.

그렇지 않아, 그녀는 그 이상의 존재야.
그녀는 위엄이 있고,
신비로워.

그녀는 황혼의 속삭이는
굿나잇 키스 같은 존재이고,
그 산에 오르는
모든 존재를 아우를 만큼 광활하지.
그녀는 파도를 타고 온
해답과도 같은 선물이야.

"난 이제 공주가 아니야."
퓨마가 말했어.

"난 여왕이야."

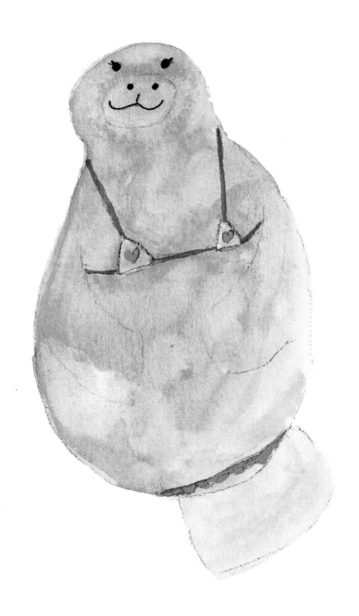

해우는
이제 해변에 갈 때
몸매를
걱정하지 않아.
대신
해변에
큰 소리로 말하지.
"너는 **날** 받아들일
준비가 됐니?"

바다는
선글라스를
내리고,
미소 지으며 말해.
"당연하지, 얘야."

너의 몸은 매일매일
어제와 달라.
왜 우리는
오래전 그 몸만을 사랑하려 할까?
혹은 오지 않을 어떤 날의 그 몸을
사랑하겠다고 다짐할까?
넌 천 개의 몸을 가졌어.
아니, 천 개 이상을 가지게 될 거야.
그 모든 몸은 너의 영혼을 담고 있고
앞으로도 담아줄 거야.

자연 안에서
몸은 정말 **놀라운** 것이야.

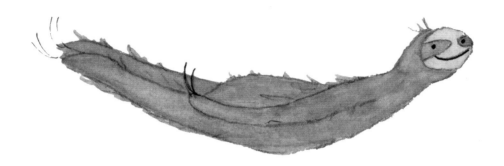

나무늘보는 요가 하는 걸 좋아해.
이건 바나나 자세야.

바람에 갇힌 자세

피자 꿈꾸기 자세

난 이 자세만 할 수 있어.

곰은
자기 배를 보고 생각했어.
난 정말
운동 좀 해야겠어.

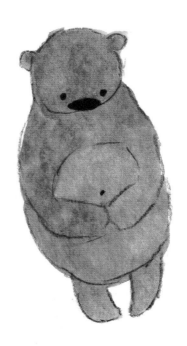

곰은 헬스장을 등록하고 단 한 번도 가지 않았어.
정말 돈 낭비였지.
곰은 롤리팝 다이어트를 시도했지만
12시 정각이 되면 너무 배가 고픈 거야.

가련한 곰은 슬펐어.
그러다 주위에 자신과 같은 곰이 많으면
큰 포옹을 해줄 수 있는 것 아니냐는
긍정적인 생각을 했지.

어쨌든,
곰은 케이크를 너무 먹고 싶었거든.
무슨 말인지 알지?

야수는 쉽게 들떠.

누군가 이렇게 말하는 걸 들어본 적 있어?
"메추라기는 스쿠버 슈트를 입고 춤을 출 수 없다"라고.

아니, 그런 말을 들었을 리 없지.

왜냐하면 메추라기들은 할 수 있거든.
실제로도 춤을 추니까.

이 고양이는
혼자만의 내면 파티를
즐기고 있는 중이야.

야수는 말해.
행복해서
심장이 뛰는
그런 일을 하라고.

담비는 청바지 사는 데
월급을 다 써버렸어.
망할, 담비가 생각했어.
이제 월세를 낼 수 없을 거라고.

근데 제기랄,
멋진 청바지가 있으니 괜찮아.

카멜레온은
색깔을 바꾸며 적응하는 일에 지쳤어.
"난 더 이상 숨고 싶지 않아!"
그는 외쳤어.
그리고 자신의 위장 스위치를 끄더니
이 세상 그 무엇보다
가장 생생하고 눈이 부신
마법의 빛깔로
빛나기 시작했어.

당신의 보잘것없는 외면 자아에게 더 친절하세요.

원숭이는 '좋아요'로
사람들의 애정을 구걸하는 데
지쳤어.
그래서 SNS를 끊고
티셔츠를 만들었어.

야수는 알고 있어.
너의 생존의 열쇠는
이 세상 X자식들을 어리둥절하게 하는
너의 본질, 그 자체임을.

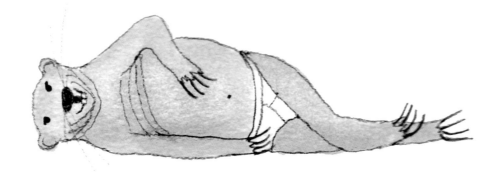

너는 내가 지금까지 본 그 무엇보다
사랑스러운 존재이기 때문이야.

블로브피쉬는
사람들이 자기더러
괴상하다고 하는 걸 좋아해.
괴상하다는 건 특별하고, 독특하고, 비상한 거야!
블로브피쉬는 괴상함을 만끽하고
그걸 게걸스럽게 먹어 치워.
그리고 낄낄거리며
그걸 훨씬 더 빛나게 토해내지!
저 망할 모래 여기저기에!
지루한 인간들이 걸려 넘어지라고 말이야.

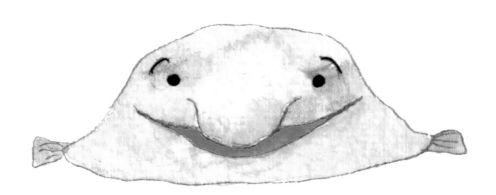

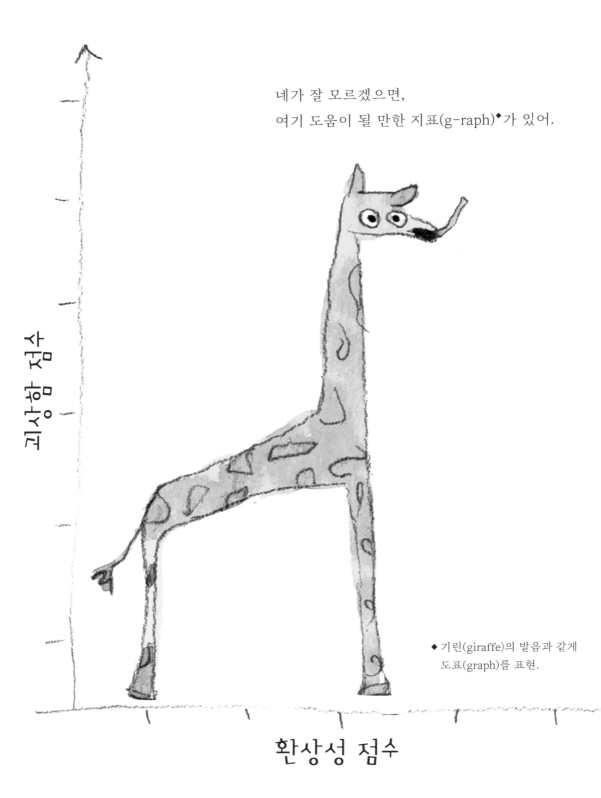

네가 잘 모르겠으면,
여기 도움이 될 만한 지표(g-raph)◆가 있어.

괴상함 점수

환상성 점수

◆ 기린(giraffe)의 발음과 같게
도표(graph)를 표현.

넌 아주 소중해.
그래서
보호받아야 해.

자, 그럼 친구,
자라서
멍청이가 되지 않을 거라면,
넌 대체 뭐가 되고 싶어?

"나는 햇빛이 되고 싶어.
폭풍우가 되고 싶어.
연인이자 친구가 되고 싶어.
포옹해주는 사람이 되고 싶어.
집이 되고 싶어.
웃는 사람,
용감한 사람이 되고 싶어."
아기 침팬지가 말했어.

그러나,
진로 상담사는
자신의 책에
이런 걸 넣지는 않을 거야.

길을 떠나렴, 작은 아이야.
너의 커다란 마음을 가지고.

용기를 내,
자유로워지도록.

네가 길을 잃어도
넌 항상
길을 찾을 수 있어.

좀 오래 기다린 후에,
곰은 결심했어.
'나는 내가 되기로 했어.'

검은 개는 들었어.
사람들이 지나가면서
"너무 크고, 너무 늙었고, 너무 야위었네."
라고 말하는 걸.
검은 개는
인내심 있게 기다렸어.
자신을 있는 그대로
받아들여줄
누군가를.

멈춰 서서
"너로 결정했어."
라고 말할 누군가를.

사람들은 말했어. 검은 개의 기다림은 끝났다고.
검은 개가 집에 갈 거라고!
검은 개는 심장만큼이나 빠르게 꼬리를 흔들었어.
사람들은 말했어. 좋은 부드러운 침대가 있을 거라고.
그리고 그들이 검은 개의 머리를 쓰다듬어주고,
비스킷도 줄 거라고.
그들은 검은 개가 커도, 늙었어도, 좀 야위었어도 괜찮다고 했어.
사람들은 검은 개가 사랑받을 거라고 했어.

사랑스러운 야수야,
그 누구도 너에게
마법은 실제가
아니라는 말을 하게
내버려 두지 마.

이 별빛은
아주 멀리
떨어져 있지만
매일 밤
오직 너를 위해
다시 돌아오는 거야.

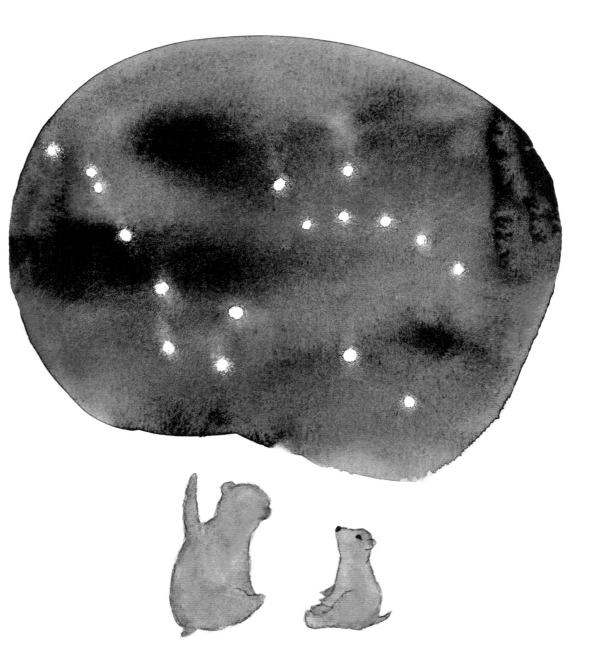

하늘을 봐봐, 아이야.
그건 모두 널 위한 거야.

네가 어디를 배회하든
그들이 너의 포효를 듣게 해.

거기서 소동이 **일어날 거야**.
조수와 달만큼이나
필연적으로.

삶에서 벌어지는 소동은
영원히 기억되지.

"어디 가세요?"
 늙고 늙은 코끼리에게
 바바가 물었어.
"난 영원히 살 수 있는 곳으로 간단다!"
 늙고 늙은 코끼리가 말했어.
"너의 기억 속으로."

"저도 가도 되나요?"
바바가 물었어.
"아니." 늙고 늙은 코끼리가 말했어.
"넌 지금 여기를 살아야 해.
그리고 너의 것을 만들어야 해."

늙은 개는 지금 너무 지쳤어.
그의 뼈는
그를 멀리까지 데리고 다녔지.
너무 오랜 시간 동안.
"수고했어, 뼈야." 늙은 개가 말했어.
그는 몸을 누이고 뼈를 사랑스럽게 핥았어.

또 만나자, 난 가야 해.
야수가 자라는 곳에서 널 찾을게.

나무늘보는 신이 실재하는지 알 수 없었어.
혹은 빅뱅이 있었는지도 알 수 없었지.
어쩌면 그는 단지
누군가의 상상의 일부일지도 몰라.

하지만
나무늘보는
오늘을 살고 있고,
꽃도 가졌지.

알고 있지?
너는 단지
그저 그런 새가 아니라는 걸.
그것이 바로
너의 비밀이며 마법이라는 걸.

너는 노래를 창조했어.

너는 그저 그런 자유로운 새가 아니야.
넌 날 수 있는 자유가 있어.

그리고 너는
그저 그런 야생 새가 아니야.

넌 하늘을 가졌어.

야생의 존재들은
말하지.
바다와 땅과 하늘의 아이들은,
너와 나만큼
이 땅 지구에 속해 있다고.
우리는
뿌리와
이빨과
살과
그리고 힘차게 뛰고 있는 심장을
공유하고 있어.
이 지구는 우리를 처음부터 사랑했어.
십억 개의 별 아래서
춤추는 작은 영혼들인
우리 모두를.

그리고 나는 말할 수 있어.
너는 나와 똑같은
한 마리 야수라는 걸.

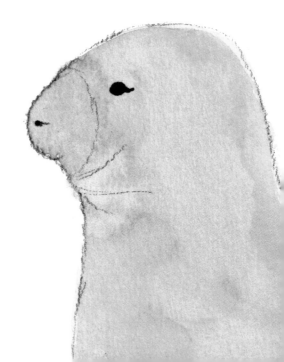

~에필로그~

한 명의 인간이 된다는 건
아름다운 일입니다.

느낄 수 있는 심장과
배울 수 있는 마음,
그리고 독특한 것을 지을
손을 가진 존재.

폐허의 땅에서 탄생한 아이,
당신은
지극히 사랑스런 영혼이며
선물입니다.

용감하고
맹렬하게
앞으로 나아가십시오.

당신의 앞날에 축복을.

zeppelinmoon

앰버 포시

예술가로서 새로운 경력을 시작하기 전에 십사 년 동안 영국 국민보건서비스National Health Service(NHS)에서 의사로 일했습니다. 그녀는 병원, 교도소, 지역단체에서 심각한 정신질환을 앓는 범죄자들과 일하면서 법정신의학을 전공했습니다. 그녀는 사회에서 거부당하고 학대받고 무시당하는 사람들과 정신적으로 고통받는 사람들에 대한 뿌리 깊은 연민이 있습니다. 그녀는 인간과 동물의 모든 영혼은 동등하게 사랑받고 대우받을 가치가 있다고 믿습니다. 이런 생각은 그녀의 예술 작품에 드러납니다. 그녀는 사랑받지 못하는 존재들, 두려운 존재들, 그리고 멸종위기에 처한 존재들 모두를 옹호합니다. 그녀는 자신의 이야기와 삽화를 인스타그램 @zeppelinmoon에 공유합니다.

~ 감사의 말 ~

우선 동물들부터 시작할까 합니다. 저는 어머니 지구가 그녀의 은신처와 보석들을 내어준 것에 대해 감사합니다. 특히나 그녀의 보석들인 네 발로 걷는 존재들, 파도를 만드는 생명체들, 부리로 이야기하는 존재들이 있음에 특히나 더 감사합니다. 저는 그녀의 가장 현명한 야수들과 함께 살아 있음에 감사합니다. 그렇기에 하나의 인간종으로서 우리는 그들에게 많은 것을 배울 수 있습니다. 우리는 그들 모두를 사랑하고, 존중하고, 보호할 수 있습니다. 그리고 우리의 아이들을 키워 그들을 자유롭게 해줄 수 있습니다.

사람들에 대해 말하자면, 저는 최고의 사람들에게 도움을 받는 행운을 얻었습니다. 가장 작은 아기곰과 더 작은 아기 보보, 당신들은 우리를 열고 야수를 꺼내줬습니다. 당신은 나에게 모든 걸 줬습니다. 나의 나쁜 남자, 당신은 내가 할 수 있다고 말했지만, 당신의 변함없이 지켜봐 주는 시선이 없었다면 할 수 없었을 것입니다. 어떤 여자도 고립된 섬이 아닙니다. 불꽃과 웃음, 우아함을 지닌 내 자매들, 엄마, 내 최고의 여자 친구들 그리고 모든 여성, 당신들은 나의 군도입니다. 아빠, 아빠가 변덕스러운 돼지와 쾌활하고 촌스러운 야수를 먼저 그렸었죠. 당신은 애정을 가지고 그린 그림이 얼마나 강력한지 제게 보여주셨습니다.

제게 친절하게 대해준 인터넷에서 만난 모든 낯선 분들, 저는 당신들에게 정말 감사하고 있습니다. 당신은 저의 친구가 되었습니다.

가장 사랑스러운 나의 야수, 내가 당신을 잊었다고 생각하지 말아요. 이 책을 읽은 당신에 대한 고마움은 제 마음에 영원히 남아 있을 거예요.

거침없이 자유롭게

초판 1쇄 발행 2022년 11월 30일

지은이   앰버 포시
옮긴이   추선정
편집주간   박혜선
디자인   허희향 (eyyy.design)
펴낸이   최윤영 외 1인
펴낸곳   에디스코
출판등록   2020년 7월 22일 제2021-000220호
전화   02-6353-1517
팩스   02-6353-1518
이메일   ediscobook@gmail.com
인스타그램   instagram.com/edisco_books
블로그   blog.naver.com/ediscobook
ISBN   979-11-978819-2-3 (03840)